Um pé de ancestralidade
Contos do Prêmio Malê de Literatura

Bell Puã, Antonio Jeovane da Silva Ferreira,
Bioncinha do Brasil, Caliel Alves, Dêner Batista Lopes,
Diego Soares, Domingos Alves de Almeida,
Marilia Pereira de Jesus, Thayná Alves, Yasmim Morais,
Zainne Lima da Silva

Um pé de ancestralidade

Contos do Prêmio Malê de Literatura

Organizado por Vagner Amaro

Todos os direitos desta edição reservados à
Malê Editora e Produtora Cultural Ltda.
Direção: Francisco Jorge & Vagner Amaro

Um pé de ancestralidade: contos
ISBN: 978-65-87746-48-7
Capa: Dandarra de Santana
Diagramação: Maristela Meneghetti
Organização: Vagner Amaro
Revisão: Léia Coelho

Texto revisado segundo o novo Acordo Ortográfico da Língua Portuguesa.
Proibida a reprodução, no todo, ou em parte, através de quaisquer meios.

Dados internacionais de catalogação na publicação (CIP)
Vagner Amaro – Bibliotecário - CRB-7/5224

P349 Um pé de ancestralidade: contos / organização de Vagner Amaro.
         Rio de Janeiro: Malê, 2021.
         68 p .; 19 cm
         ISBN 978-65-87746-48-7

         1. Contos brasileiros 2. Literatura brasileira I. Título

                                                    CDD B869.301

Índice para catálogo sistemático: I. Contos: Literatura brasileira B869.301

2021
Editora Malê
Rua do Acre, 83, sala 202, Centro, Rio de Janeiro, RJ
contato@editoramale.com.br
www.editoramale.com.br

Sumário

Mama África é mar solteira, Bell Puã 7

Um pé de ancestralidade, Caliel Alves 11

Casas-grandes e consultórios, Antonio Ferreira 17

A Revolta, Bioncinha do Brasil 21

Melancolia ensolarada, Diego Soares 25

O conto de Fazya, Dêner B. Lopes 31

Dona Maria de Lourdes, Yasmin Morais 37

Vida prisão, Thayná Alves 41

Saída quatro, Marilia Pereira 45

Cartão de Visita, Domingos Alves de Almeida 51

Cognitivo comportamental, Zainne Lima da Silva 57

Biografias: 65

Mama África é mar solteira

Bell Puã

Todos os dias eu morria depois que meu filho nasceu. O mesmo coração que celebrava a chegada do meu menino apertava com a partida de um grande amor. Minha vida se transformou em dormir de conchinha com uma minipessoa, que só se comunicava pelo choro e tinha o corpo tão mole que nem segurava o pescoço sozinho. Nem os filmes, nem a medicina, nem o *instagram* e muito menos a propaganda haviam me preparado para a experiência de dançar num vendaval.

Meus braços em movimentos contidos para conter em segurança um oceano banguela e miúdo. Minhas pernas fluidas para ir de lá pra cá daqui pra lá trocando fralda dando banho dando de mamar dando-me por inteiro mesmo. O ritmo tocava na minha mente, era o som das marchinhas de carnaval, já que a cidade se coloria de frevo e álcool pra receber a maior curtição do ano. E eu embalando um grão de carne e osso ao som dos clarins de momo.

Meus pais ajudavam a cuidar do meu bebê e do meu peito ferido, assim como meus amigos, todos, dizendo que o puerpério seria tão enlouquecedor que nem tempo pra pensar no ex eu teria. O tempo realmente me fugia, mas as memórias dos dias de pós-parto foram repletas da presença do pai ausente. Meu serzinho de 52 cm era embalado por canções de ninar e também pelo sopro de meu subconsciente, sussurrando minhas culpas e tentando desvendar soluções para me recuperar do término. Uma mãe nunca é apenas uma mãe, por mais que priorize sua cria. Sendo eu também uma criatura, de sonhos e medos, estar atenta ao meu filho não excluía meu olhar pra dentro de mim.

O véu da moralidade cristã cobre duas realidades fartamente presentes no Brasil: uma, é que a maternidade não é algo romântico; a outra, que a maternidade solo é mais comum que a tão sonhada "família tradicional". Mesmo com todos os braços familiares e amigos que abraçaram meu desafio materno, a responsabilidade maior era minha e a solidão também. Sós eram os dias em que ninguém perguntava se eu estava bem e as visitas tinham o único objetivo: saber do meu bebê. A mãe que havia ali renascido era como uma figura invisível, sujeita a apenas se anular para maternar. E o pai? A pergunta que mais quer calar, já que tantas vezes sua resposta foi o silêncio.

Ninguém nasce mãe. E não necessariamente o amor de mãe é súbito, quando da descoberta da gravidez. Estar grávida, todos sabem, é grave e o centro de gravidade fica cada vez mais nítido. A mulher engole uma lua e só a vomita quando cheia. Gestar é a primeira lição de todas as vidas: nenhuma ideia, solução ou ser humano nasce de imediato. A gente é obrigada a ficar redonda como a menina dos olhos. Aumentar o raio do umbigo para barriga, quanto mais distante do centro mais se entende que nada pode girar em torno dele.

Quando finalmente o bebê decide ter chegado a sua hora de desabrochar, no parto abre-se um portal que o transporta para essa existência. Uma nova pessoa aterrissa no mundo e não entende bem o que faz nele. Muitas vezes morre sem entender. A gente vai se apegando a metas para se preencher ao longo da vida, mas esse papo fica para a tal da maioridade. O fruto que só se comunica pelo choro ainda está aprendendo a rir, se perceber indivíduo não mais ligado a um cordão umbilical. Seu maior objetivo é brincar. E o adulto é um bicho tão corrompido que, mesmo começando a vida brincando de pique-esconde, acaba por se divertir com humor racista, machista, homofóbico ou coisa pior.

Meu portal fui eu mesma que abri, arreganhando a vagina para que a enfermeira só tivesse mesmo o trabalho de segurar meu neném. As contrações do parto são gradativas, apesar de bem doloridas e, depois que o bebê sai, sai também a árvore da vida – mais conhecida como placenta – por onde todo ser humano se nutre pela primeira vez. Uma mulher informada, e não alienada do que vive em seu próprio corpo, é uma mulher poderosíssima. Numa sociedade que não está lá muito a fim de dar poder às mulheres, vide a mão do machismo no *impeachment* da única que nos governou como presidenta, tive que ir sozinha atrás de conhecimento sobre o meu corpo grávido.

Tudo isso em paralelo com a minha individualidade, meus sentimentos conturbados sobre o que passou e o que estaria por vir – a solidão da mulher negra, a solidão da mulher mãe. A mãe solo fértil é a que mais faz germinar sementes negras de resistência. O Brasil tem 5,5 milhões de crianças sem pai no registro, mas se também for contar os pais só de papel, somam-se aí mais muitos milhares de ausências. Agora, eu que tivera a sorte de ter uma figura paterna exemplar, precisava lidar com o fato de não ter sido capaz de oferecer a mesma sorte ao meu filho.

Entrei em conflito com a mulher gigante que sabia ter me tornado e a inocência de acreditar nas promessas de amor que me haviam sido feitas. Entre me colocar num poço sem fundo e me lembrar de que não sou nenhuma poça rasa. Sou as ondas sempre em movimento, crescendo cada vez que encontram mais águas pra avançar sobre a areia. É permitido que uma mãe ame muito a si mesma, ainda que amando os filhos. É permitido ser mar e poder sentir a experiência do amor mesmo depois de uma separação que deixa frutos. Independentemente de qualquer raiz que quisesse se fincar no meu jardim, irrigaria minha semente com leite, amor e luta.

Um pé de ancestralidade

Caliel Alves

A ialorixá envelhecia cada dia mais rápido graças à especulação imobiliária da cidade. Era a sanha do progresso. Aquele progresso cingido e circunscrito a poucos. O avanço proposto pela prefeitura municipal era um regresso sociocultural, por que não uma prática de intolerância religiosa? Mas os governantes leem apenas as leis que lhes interessam e esquecem de tantas outras...

A candomblecista pitava seu cachimbo. Vigiava as ruas como a sentinela à espera do ladrão. Seu neto, embora não fosse candomblecista, era fiel à sua ancestralidade, e fazia companhia à avó sempre que o tempo lhe permitia. Cleydson temia mais pela saúde dela do que propriamente pela perda espiritual do terreiro. O rapaz pensou em pousar a sua mão no ombro da mulher, pedir para se sentasse, quem sabe ouvir aquelas histórias de homens deuses vagando pela terra. Mas não, sentou-se num tamborete da sala.

Mãe Ilza soltava a fumaça presa dos pulmões sulcados.

A mulher que presenciara de tudo um pouco, ao longo de décadas a fio, estava desolada. Aguardava a notícia fatídica, com a mesma aflição do peito da genitora que entrega o seu filho querido às mãos de Deus. As lágrimas alimentavam a saúde, mas não diminuíam as distâncias.

Cleydson se lastimava, andava de um lado para o outro. Fadiga. A tensão estava tão concreta que, quando se andava na casa, fazia-se um tom crocante, como o raspar da areia no vidro. Lá fora, duas andorinhas chilreavam. Estavam ali, fazendo seu verão num dia meio nublado. A ialorixá foi até a cozinha, o neto não a seguiu, não havia nada lá para ver. A velha abriu as gavetas do armário da cozinha. Tateou à procura de fumo. Não estava lá. Aborreceu-se. Talvez uma das iaôs tivesse pegado. Ninguém comprava, mas todos adoravam alimentar os seus vícios.

Cleydson não se conteve. Chamou a avó com aquele jeitinho só dele:

— Vó Ilza, deixe disso, ainda está em votação — falou amoroso.

— Oh, meu filho. Essa preta velha já teve muito desgosto na vida. Que Oxalá não permita uma maldade dessas — disse a mulher procurando o fumo de rolo.

— Mas, vó, é só uma árvore... — falou temeroso.

A velha largou o que estava fazendo. Como uma ventania, atravessou as cortinas da cozinha e deu com o cachimbo na cabeça do jovem. Ele não chorou de vergonha. Mãe Ilza ficou na frente dele com as mãos nas cadeiras. Que ele tinha a dizer em sua defesa? Havia cometido desrespeito. Às vezes o silêncio é a melhor forma de contribuir.

— Olha aqui, seu desforrado! Não é só uma gameleira-branca, tem um orixá ali — Ela apontou para a janela. Pelas cortinas esvoaçantes, podia-se ver a árvore. — Pra você e pros vereadores e empresários dessa cidade, aquilo é só um pé de pau velho, mas pra mim não! Você sabe quem foi Iroko? Ou já esqueceu?

A velha alisou o pescoço pelancudo e deitou falação. A idade a havia encurvado, mas se mantinha altiva na área que mais dominava: a sabedoria. Iroko é um orixá de muita relevância no candomblé. E mesmo não sendo incorporado nos rituais e não ser tão famoso por falta de quem lhe fornecesse sincretismo, não deixava de ser orixá.

Quando os orixás Funfun decidiram povoar a Terra, plantaram um deles no solo. Assim as deidades iorubanas desceram pela árvore sagrada, com o objetivo de popular as imensidões da terra. Ele é o pilar da história do ilê, desrespeitar Iroko é agredir a família, o reinado, os ancestrais comuns, que, de tão comuns hoje em dia, não são mais necessários. Iroko é implacável, é tempo, é espaço. Em Ketu é Iroko, Loko em Jeje, é o Inquice Tempo em Angola e Congo. Mas, no ilê de Mãe Ilza, era a gameleira-branca. Pivô de discussão, ações judiciais e votação apertada na Câmara de Vereadores Municipal. Era enfeitada com um ojá. Com a mesma pureza do sagrado, com a mesma essência do segredo.

— Perdão, minha vó...

— Filho quando sai de casa fica assim. Esquece do rosto das matriarcas, dos patriarcas, dos ancestrais — disse a mulher batendo no peito. — Agora vai dizer o quê, meu filho? Exu é o Diabo? Foi isso que você aprendeu aqui, menino?

— Não, minha vó, me desculpe — disse ele abaixando a cabeça envergonhado. Ela pousou a mão no ombro do neto e o abraçou. Depois, virou-se rapidamente.

Um barulho trovejante abalava a rua. Os filhos e filhas do ilê correram até a entrada do terreiro. Mãe Ilza e Cley se juntaram aos demais. E do fim da rua se aproximavam as máquinas, com sua cacofonia infernal. Retroescavadeiras com mandíbulas vorazes. Expeliam fumaça. Raivosas. Não houve meio. Iriam derrubar Iroko. Iriam matar aquele orixá, desarraigar o tempo-espaço da terra. O ponto de equilíbrio. O que ligava a terra ao céu. Para os outros, era só mais um empecilho.

Um projeto de lei visava tombar a árvore como patrimônio histórico municipal. O arvoredo era centenário. Pulsava história das raízes às suas folhas. Era testemunha, era Iroko. Mãe Ilza tremia. Era filha de Iroko. Legítima. Era turrona, mas também generosa. Ciumenta, porém competente. Eloquente no falar, amistosa no agir. Assim era a mulher.

O neto a segurava. Mas ela se debatia. As lágrimas já se esparramavam pelo rosto ressequido. Irrigando a pele enrugada. Cley mal sabia o que fazer. Os vizinhos vieram ver o que acontecia. Ninguém podia ajudar, e quem haveria? Os homens da Secretaria de Infraestrutura estavam munidos de uma ordem. O documento era expresso em letras frias e garrafais: Por este decreto, ordenamos a extração da árvore gameleira-branca...

Que mais precisavam dizer? Os homens desceram das duas escavadeiras. Uma delas aplanaria o terreno baldio, que dizia a Prefeitura ter a posse. A outra, com uma mordida, daria o golpe final. Arrancaria o toco com suas raízes e tudo. Houve resistência, empurra-empurra e mais lágrimas. Mas o braço forte da lei estava lá.

A PM usou da força. Não para proteger as pessoas, mas para proteger o progresso da cidade. Rogou-se aos homens de terno e camisas de gola polo, mas estavam ali cumprindo ordens. A cidade estava feia e aquele bairro precisava de uma praça, e os condôminos que viviam nas ruas adjacentes necessitavam de uma rua asfaltada.

— Vocês não podem fazer isso — disse Cley.

— Tanto podemos que estamos fazendo, com amparo e legalidade da lei — dizia o secretário com o capacete na cabeça, como se estivesse numa construção civil.

E o neto de Mãe Ilza lia e relia a ordem. Era incorreto, mas era legal. Antiético. Desrespeitoso. Frustrante, mas totalmente dentro da lei. A candomblecista junto com os seus chegados pensou em fazer um círculo em volta da árvore sagrada, mas o *spray* de pimenta impediu a organização. Os cassetetes faziam sua percussão em peles negras, a velha só chorava. Que lhe arrastassem a alma de dentro do corpo, mas não Iroko da terra. Os clamores foram em vão, ensurdecidos não só pelo som das lagartas da retroescavadeira, mas pela ignorância dos homens.

Foram depois dois homens da secretaria, munidos de motosserra. E gritavam os moradores e filhos de santo. Ninguém obedecia a eles. Estavam cumprindo ordens, a culpa que recaísse sobre os mandantes. Mandantes, pois não havia de ser nada menos do que um crime. A matriarca se deixou cair no chão. Abraçou a terra e se banhou com as folhas. A vizinhança temeu por sua sanidade. Mas não estava louca, ainda não. Sua razão arrefeceu quando o estrondo fez tombar junto a Iroko sua esperança. Uma das máquinas com grande presteza abocanhou a terra. Mas a gameleira resistia. Tinha raízes fortes, profundas e orgulhosas. Vagaram no frescor da terra até encontrar-se embaixo de casas. Mãe Ilza já não chorava, nem soluçava. Apenas desfalecia amparada nos braços de seu neto. Antes de ir-se para junto de seus ancestrais, teve o prazer de ver Iroko realizar uma lição: só os grandes têm raízes profundas.

Casas-grandes e consultórios

Antonio Jeovane da Silva Ferreira

O brilho vermelho da manhã ainda margeia, envergonhado, por trás da serra. Ele é apenas o pensamento do acordar rangendo no breu. São quatro horas da manhã no Rosal da Liberdade, outro nome para Redenção. As sombras dos corpos trançam futuros pelas casas. Há pressa. Lá embaixo, nossa carona nos aguarda pontualmente. Ponho uma blusa qualquer, a primeira que encontro, e desço rapidamente as escadas. E paro.

"A liberdade aconteceu aqui" anunciam as placas de madeira iluminadas por dois feixes de luz, direcionadas para o imperial portão do museu senzala. Suspiro e logo balbucio a frase, para que o passado se faça presente a cada geração. Não posso esquecer dessa nossa oração: pelos que virão, por mim, pelos meus ancestrais. Estou pronto para seguir.

No caminho, observo a noite imponente, a brisa fria e os tons laranja das lâmpadas dos postes, que são a cada quilômetro absorvidos pelo negrume do asfalto, embalando um trajeto enfadonho até a capital, Fortaleza.

A escuridão, ainda densa e misteriosa, vai passando aos poucos, abrindo espaço para nuvens que, já rosadas, anunciam as nuances dos primeiros raios de sol sobre a "terra da luz". Chegamos ao destino, ufa! Fomos os primeiros a chegar. Por aqui, o dia exala o perfume de grandes máquinas em movimento. Sons e cores, tudo ganha forma.

Estreamos a formação da fila de espera. Outras mulheres foram surgindo e se juntando a nós, engrossando a fila que serpenteava pelo salão.

— Bom dia! Onde é o final da fila?

— Bom dia! É pra lá! — Apontamos para a fila já comprida. Abre-se a porta fumê e um senhor interpela a todos nós:

— Bom dia! Vamos organizar a fila para confirmação!

Em sinal de concordância, porém em silêncio, todas as mulheres se levantaram e em fila direcionaram-se para os guichês de vidro. Trâmite realizado para entrada no local, um instituto de saúde pública, seguimos pelos corredores ainda vazios até uma mesinha localizada no fundo do corredor, onde outro funcionário já nos aguardava para confirmar novamente nossa presença, e assim ficarmos à espera do médico.

Senta-se a primeira, a segunda, a terceira e assim por diante, até completar as cadeiras de espera. O silêncio matinal, por vezes, era interrompido por algumas poucas palavras e discretos sorrisos contidos entre estranhos. Até que uma mulher negra, cuja idade se fizera amiga do tempo, ecoou seu tom de voz, ríspido e grosseiro, anunciando mudanças bruscas no consultório.

No desejo de entender o que estava ocorrendo, estiquei o meu corpo para a senhora ao seu lado, que declarou em tom claramente audível:

— Uma mulher foi pedir informação a ela — referindo-se a uma enfermeira do instituto — e ela disse assim: "Não, não, eu não tenho tempo pra dar informação. Toda ignorante".

E continuou:

— Toda vida que eu venho fazer exame, eu fico nervosa, muito estressada. E aí eu não aguentei não! Eu disse pra ela que ela tá aqui pra me servir, porque preto é pra ser escravo mesmo! Por que ela não volta lá pra senzala que é o lugar dela?

A senhora que estava ao seu lado interferiu:

— Não, mulher, ela tá de férias!

E foi retrucada:

— Tá não, mulher! Eu vim aqui na terça e ela tava aqui. Aquela bicha nojenta! Preto é pra ser escravo mesmo. Se ela não quer me servir, que ela volte pra senzala dela, aquela *mucamba* véia! Ela é minha empregada, eu pago o salário dela! Uma *mucamba* dessa!

Risos fartos ecoaram no corredor, já lotado de pacientes. Após alguns minutos em pausa, ela exclamou:

— Lá vai ela passando, é aquela dali! Cabelo véi cortado que nem de homem.

Olho para trás na tentativa de esquadrinhar aquela

situação e reconhecer a pessoa que tanto ofendiam em tons graves de racismo e preconceito. Vejo, pois, uma senhora negra, com seus 85 quilos, de cabelo curto, trajando um jaleco de enfermagem e que, obviamente, estava exercendo seu ofício.

Como se por um *insight*, busco imediatamente identificar ao meu redor outros(as) funcionários(as) negros (as). Pelo corredor, a minha esquerda, passa uma primeira enfermeira, branca, cabelo loiro, com seus 50 quilos; depois uma médica, já senhora, com seus 55 anos, cabelo um tanto ruivo, pele já flácida, muito classuda; depois um homem, branco, médico, com seus 60 anos, levando uma mochila com rodinhas, depois outro, outra... Não havia outros funcionários negros ali!

Fechei os olhos, pensei no Rosal da Liberdade, pensei nos pedregosos caminhos trilhados pela minha gente, pensei na "dor atravessada" daqueles que são subordinados de lideranças negras, pensei que aquele meu silêncio gritava por uma liberdade que teima em existir todos os dias.

O olhar da enfermeira encontrou o meu. Aquele encontro me avisou que há mais Casas-grandes do que eu podia imaginar, mas que esse som que explode dentro do peito não cabe mais em senzalas. Virei o meu rosto para a senhora ao meu lado e disse:

— Você que é uma *mucamba véia!*

A Revolta

Bioncinha do Brasil

Do dia para noite jogou tudo pro ar e foi embora, deixando para trás uma casa, um amor, uma história, ela sabia que precisava mudar, e que alguma coisa tinha que acontecer. A revolta fez os cálculos dos dias e do sucateamento, e lembrou que precisava dar um tempo para si; o dia das mães estava chegando, e no final de semana seguinte tinha virada cultural em SP.

A revolta fez sua mochila e partiu, seguiu para a cidade da garoa, chegou lá insossa, o cheiro do Rio tietê parecia muito pior do que quando morava lá, mas logo percebeu que nada tinha mudado, era ela quem estava em eterna mudança. Ficou lá duas semana, revendo todos os amigos e falando do seu amor, chorou rios quando viu sua avó ao vivo, provavelmente por amá-la muito e saber que é sua última descendente viva, e que a vida cheia de possibilidades não te deixa perto dela, passou muito frio na virada cultural, e percebeu que ali, para ela, nada mais tinha perspectiva.

Aliviada por sair dali, mas chateada por várias coisas que lhe faltavam, pegou o caminho de volta, ficou sem entender os quilômetros dos caminhões parados na estrada; ao chegar ao que deveria ser a cidade maravilhosa, soube o que estava acontecendo, se tratava de uma greve dos caminhoneiros, ficou confusa com a situação. Mesmo assim, não deu muita bola, foi arrumar seu quarto, colocou umas roupas para lavar, varreu a casa, na hora de dormir percebeu que teria insônia, era telepatia do seu amor; decidida levantou da cama e seguiu rumo resolver essa história.

Chegando à casa do seu amor, disse o que queria dizer, ouviu o que precisava ouvir, fizeram um maravilhoso sexo nostálgico e dormiram como anjos. No dia seguinte, foi à padaria comprar pão e viu na televisão os agravantes daquela greve, os mercados estavam ficando vazios, estado de alerta, lembrou que estava louca para comer couve, guardou a informação para si. Tomou um belo café da manhã com seu amor e voltou para sua casa.

A revolta se achando esperta resolveu fazer um *tour* pelos mercados para ver se encontrava a tão desejada couve, comprou alguns produtos em promoção, ficou triste por não poder ajudar um homem que lhe pedia para comprar um leite para sua filha, e não achou uma verdura que fosse. Seguiu desanimada.

No domingo, foi à feira sem grandes expectativas, situação de guerra, muitas barracas desaparecidas, preços inflacionados, comprou meia dúzia de maçãs e três carambolas, e a couve? Resolveu esquecê-la para não ficar mais chateada ...

Ela tinha pouco dinheiro, mas tinha uma passagem para Fortaleza, e alguns amigos aguardando reencontro no Nordeste. Destemida seguiu seu plano, fez um saco de mantimentos e higiene pessoal, conseguiu uma mochila e partiu. Mesmo com medo e apreensiva.

Como boa revolta tinha certeza de que a esperança nunca morre, que tudo isso é uma fase, a solitude é a fábrica, o amor é o produto, se não tem quem transporte fica difícil... Mas basta ela fazer a fusão do útil ao necessário para cumprir as duas partes do trabalho e se transportar para onde seu coração a quiser levar.

Melancolia ensolarada

Diego Soares

Caminha na terra seca debaixo de sol quente. Anda torto, quase tropeçando, bêbado até a ponta do dedo que desponta pra fora do sapato. Veste paletó camurça sem camisa por baixo e calça social puída dos lados. A sola descolada levanta poeira a cada pisada. Nas mãos embolsadas, conta moedas, deslizando e calculando. Algumas vacas magras mugem longe. Vê sua pastagem miúda ao redor de casebre no horizonte. Escorre suor na testa. A vista embaça, mas não desfaz seu destino. Há de seguir até a rodovia. Carona que fosse caberia. O corpo cobrava ora bar, ora sombra.

O calor parece despertar coisas velhas na cabeça. Lembra da infância, das festas da igreja, da peregrinação de carnaval. Não costumava se importar com o teor da fantasia, como seus irmãos, que brigavam por uma lantejoula que fosse. Ansiava pela cocadinha queimada e por um tico de confete pra fazer zoeira com a caçula. Punha no arremedo pouco de cabelo só de implicância. Dizia que era pra crescer maior.

Fazia esses planos sentado na beirada da porta, assistindo ao dia ir embora. Quando todos sossegavam com as vestimentas, iam caminhando no batido do chão, dando salvas aos que passavam. A mãe ia na frente e o preto Zé do Alto ia atrás. Sentia que assim o protegiam do medo que tinha de sumir de repente numa rota desconhecida. A expectativa de alguém pegá-lo fora do grupo num pulo era tão real quanto os calangos atravessando o matagal. Ficava bem no meio da gente, fazendo graça e muxoxo. Tinha uma mania no pé: dizia que doía e ninguém podia encostar. Andava estranho, com as pernas quase juntas, calcanhares se encostando. Ri agora na ausência de dentes. A memória escapa atordoada da secura da boca.

Encontra uma garrafa escorada numa cerca desfeita. Verifica o conteúdo com olho e derrama na língua. Cai somente poeira, que cospe grosso na mão. Investiga a textura com o dedão. A gosma cinza-esverdeada maculada por um filete de sangue. Sente a pele quente. Checa febre pelos calafrios que recebe. Pensa na morte. Talvez seja a hora. Quer estar com a mãe, ouvir sua voz gritada, sua afobação preocupada. Deseja vê-la dormir o sono pesado de quem precisa de estabilidade de pedra que afunda depois de uma manhã de enxada e uma tarde de roupa lavada e engomada. Tinha dias que era ele quem as entregava. Apertava a trouxa de pano contra o peito e seguia. O cheiro traduzido em aconchego. Deseja ter alguma coisa pra abraçar. Já que o fim está pra chegar, que pudesse agir como o menino que sabe aonde ir e diz *obrigado, minha senhora* depois de receber um enrolado de notas. Imagina que a morte deve gostar de educação, mas o aflige não saber como ela reagiria diante de mãos vazias.

As pernas engasgam. O joelho estanca o movimento. Balança como se fosse tombar. Apoia a mão no chão, despenca o quadril, batendo osso com pedra. O sol permanece despejando presença. Invade coco, nuca, ombro. Deita quentura no tecido, apertando a luminosidade contra os desvarios. Os pensamentos labirintam entre a imagem de paredes de barro corrido e a de um copo americano de cachaça. Colhe as moedas do bolso e atira pro alto. Apanha com as costas da mão. Tapa. Olha. Coroa. Joga de novo. Coroa. Calafrio sobe. Arremessa mais uma vez prometendo ser a melhor de três. Dá cara. Deita no chão e tapa o rosto com o braço, cantando *cuco, cuco, cuco, o passarinho do relógio está maluco...* mexe o dedo acompanhando o ritmo da marchinha *ainda não é hora do batente e ele fica impertinente, acordando toda gente.* Repete o refrão até restar somente um cuco cada vez mais oco, tossido e maluco. Emenda ronco pesado.

Senhor! — toca baixinho nas costas. Moço! — sussurra cócegas no pé da orelha. Rapaz! — fala a um palmo da pálpebra. Ei, menino, vai-te embora daqui! — finalmente grita. Acorda no susto, já sentando. O coração querendo atropelar batidas, enquanto procura em volta o nada e o ninguém. Dedilha nas costas a nítida impressão de um toque de chamamento. A voz era de conhecido. Empurra o indicador dentro do ouvido. Escuta apenas o vento raspar nas coisas. Força a vista pra encontrar a recordação. Percebe um cisco. Pisca. Arregala. Sopra de baixo pra cima. O cisco continua. Fecha os olhos. Deixa as ideias correrem livres, em círculos. Sua frio. Bate um sino. Repara o terno azul-marinho e os sapatos engraxados tinindo. A imagem margeia a superfície da memória: é menino e vai à igreja. O irmão mais velho o sequestra na intenção de pregar uma peça. O alvo é a casa do vizinho. O velho ressentido que pega criança pra dar surra escondido. Entraram pela janela e logo arriaram as calças. O plano era fazer cocô em cima do tapete. Havia muitos rostos emoldurados pelas paredes. Todos encaravam, condenando. Ele, menino, se intimida. Força, força e nada. Chaves tintilam, a maçaneta gira e a porta se abre. O irmão, esperto e esguio, salta antes que a bengala alcance sua testa. Ele, torto e tonto, tropeça na pressa. Os outros olhos diminuem em importância diante dos tenebrosos que agora o fuzilam. *Ah, seu filhinho de uma puta!*. O segundo sino toca.

Levanta certo de rumo. Recapitula as orações que sabe, misturando pai-nosso com ave-maria. Tem conhecimento de ladainha das irmãs solteironas que tinham parentesco com sua tia. Faziam pregação nos velórios que frequentavam. Cantavam alto numa tal junção de vozes que quase não se sabia de qual boca cada qual saía. Foram elas que prescreveram as rezas e promessas que sua mãe deveria fazer quando sua irmã teve colite. A vizinhança toda, compadecida, fez fila pra presentear a menina. Ele mais o irmão espiavam de canto, esperando ela chamar pra dividir um pouco do muito que recebia. A irmã pedia perdão à mãe. Não pela ida precoce, mas pelo eterno estado de contemplação. Parecia ter nascido pra adornar a família, desfilando sua beleza bem distante dos afazeres domésticos. A mãe arriava diante de Nossa Senhora, acendia uma vela e oferecia. Chegou a se oferecer em troca da saúde da filha. A Santa preferiu não aceitar. Tentou também novena e banho de erva. Lavava a menina do pescoço pra baixo, esfregando as folhas enquanto murmurava palavras de cura. Quando ela se foi, aconselharam defumação da casa. A mãe foi cômodo por cômodo e depois filho por filho. Pediu que abrissem os braços e deslizou a fumaça na frente e nas costas, fazendo cruz com o polegar na testa. Ele gostava de pensar que a marca se materializava como proteção no sono, afastando o demônio e os sonhos ruins. O terceiro sino badala quando já está na porta da igreja. Pede a bênção cruzando a mão na testa, peito, ombro a ombro: pai, filho, espírito e santo.

Senta no banco reverenciando cada imagem à sua volta. A cabeça abaixa, sentindo pesar pra frente. Bate uma sonolência diferente. Assente. O ventilador traz um fresquinho na cara que dá vontade de fechar os olhos e sonhar. Fecha. Reza o que já vinha praticando. Conforme vai falando, vai apagando. E pagando. O bolso finalmente cede e rasga, deixando cair todas as moedas. Ele não se atém ao som do metal. Deixa passar. Vem a mãe, o irmão, a irmã. Deixa passar. Vem a cachaça. Deixa. Vem o vizinho de terno azul-marinho. Vem sapatinho sendo engraxado. Vem escova puxando o cabelo com força pra trás.

Deixa, deixa e deixa. Vem Zé do Alto. Vem Deus. Vem brisa quente e vem finalmente a noite. Tudo passa. Varre a cabeça de um canto a outro pra receber a morte. Encosta a testa no banco. *Amém, cuco, amém...* Sossega imaginando abraçar uma pilha de roupa limpa.

O conto de Fazya

Dêner B. Lopes

— Você consegue ver aquela nuvem em forma de girafa?

— Como não? Olha o tamanho do pescoço dela!

Fazya apontava o dedo a todo instante, enquanto seus olhos céleres pescavam contornos nas nuvens que pairavam sobre ela e a avó.

Traziam costumeiramente os baldes de água para casa toda manhã, com os pés calçados de cascas grossas e as pernas surradas de coceiras constantes. O hábito de suportar grande peso na cabeça corria com a jovem desde pequena. Ela sabia que era daquele modo que seu dia seria proveitoso; seu banho estaria separado e a comida, feita.

O poço Maquias pertencia à prefeitura, e era ali que as pessoas mais carentes buscavam apanhar diariamente a água do dia. Baldes, bacias, garrafas e garrafões; a qualquer modo e maneira. A fila era grande, mas não longa. O sol queimava, mas não tão forte. E as pessoas eram gentis, mas não abertas a gastar energia conversando. A única coisa de certo insuportável em comum acordo eram os mosquitos; chatos, famintos e barulhentos. Faziam festa quando chegavam, zumbiam constantemente e abusavam-se sobre as pessoas.

Sua avó Khali tinha o costume de levar limões e cravos e dispersá-los ao seu redor, mas tudo ali era aberto — o chão era de terra batida, o poço ficava no meio do nada, feio, largado. Mesmo assim, ajudava.

A avó e a neta ainda se viam entretidas pelas nuvens na volta para casa quando, de maneira brusca, ouviram gatilhos altos a soar por perto. Fazya sobressaltou-se num desespero rápido e deixou tombar o balde de água sobre a cabeça. A avó, rápida, chamou a neta e a levou por entre as margens do capão ao lado; os tiros prosseguiram em constância, enquanto as duas se agacharam por entre os tufos maciços de plantas arvorecentes — o balde de Khali ao seu lado, protegido, vibrando.

— Vó, são tiros — Fazya sussurrou com voz trêmula.

— São, sim, minha neta — Khali respondeu no tom. Antes, porém, que prosseguisse qualquer pensamento, duas motos passaram pela rua que há pouco elas estavam, com rapazes sem capacetes a toda rapidez, seguidos não tão de longe por dois automóveis de polícia; estes que disparavam.

Fazya estremeceu com as mãos à boca, enquanto os carros passavam por cima do que restara de seu balde caído.

Eles se foram foi o que conseguiu ouvir da avó logo em

seguida, que ajeitava seu turbante de pano e içava novamente a água sobre a cabeça. Seguiram em passadas rápidas para casa.

Não se ouvia nem se via com frequência qualquer espécie de perseguição próxima à aldeia. Era um espaço pequeno, um tanto isolado da parte centro da cidade e extremamente tranquilo. Todos conheciam todos, o tudo sempre justificou o nada e o esquecimento do povoado de Coroa era de bem sabido.

A casa era um chalé de barro, com pequenos cômodos e escassos pertences, sem luz interior ou energia qualquer. As notícias chegavam pelas portas da vizinhança e o respeito era sempre de grande presença ali. Quando chegaram em casa, Fazya ajudou a avó a descer a água da cabeça e levou o balde para a cozinha atrelada à sala. As janelas duplas de madeira rangeram quando foram abertas e trouxeram luz ao ambiente.

Quer ajuda? foi dito, mas não ouvido. A neta repetiu a pergunta e recebeu um tranquilo *não* da avó, seguido de um beijo na testa. Fazya gostava de ajudar, mas estava chateada pelo recente ocorrido, então andou até seu colchão fino no chão do quarto e apanhou um livro. Gostava de ler e de muitas coisas ligadas às palavras, porém, ainda mais, gostava de contar histórias em seu diário pessoal. Era boa naquilo como ninguém era em Coroa, mesmo aos dezesseis anos. *O Alegre Canto da Perdiz* de cabeceira talvez fosse seu livro mais comum, assim como *Raiz do Orvalho*. Gostava dos livros do seu país porque gostava de saber mais sobre ele e sobre como as pessoas dali pensavam. A aldeia era isolada em distância, e aquelas relíquias em sua casa conseguiam mostrar um outro lado de *ser, estar e sentir.*

Ela então apanhou seu lápis afiado de faca e dançou com ele pelas folhas do caderno, transformando-as em páginas alinhadas, cheias de história e lembrança, e dali decidiu escrever sobre aquele dia.

Narrou, às vezes em pedaços, outras em detalhes. Falou de si mesma porque gostava de se ver representada em terceira pessoa, como uma personagem. E, então, decidiu escrever sobre a perseguição. Queria e *precisava* dar um final àquela narrativa, porque histórias sem fim a angustiavam. Contou sobre os homens nas motos e carros e aditou ao conto elementos de uma leitura agradável, como o ar carregado de tensão no olhar dos rapazes a correr por suas vidas, a feição abrasiva dos policiais que miravam em seus corpos frágeis. Não queria *de fato* escrever o motivo ou ensejo que levaram aqueles homens àquela situação, mas inspirar-se naquilo para uma nova história, conto curto, metalinguística perene sem pretensão; texto dentro de texto dentro de texto.

Simplicidade lúcida moçambicana, leu uma vez em um livro. Continuou a história, parando de tempos em tempos para pensar...

> *As motos aceleravam de maneira excedida e, após uma curva acentuada, cortaram caminho ao embrenhar-se em meio às árvores cerradas do Bosque de Payba,*

impossibilitando qualquer encalço. Um dos carros de polícia contornou o local, enquanto o outro foi deixado de lado pelos guardas que precipitaram a correr pelas árvores, até que, escondidas em meio a arbustos, encontraram duas mulheres ...

Não queria escrever um final triste porque não desejava que ele acontecesse.

Fayza então pausou a escrita quando percebeu que a tarde chegara com uma forte rajada de chuva e vento, advindos do leste. As janelas batiam, estrepitantes, e as goteiras da casa rapidamente começaram a cascatear água com raiva.

Foi até a avó, que trancava a casa depressa e lhe pedia que deitasse qualquer utensílio sob as goteiras. A tempestade arrastava coisas, destruía tantas outras e lavava interiores, com ira nunca antes vista. Fazya apanhou algumas sacolas e abraçou firmemente seus livros e cadernos que haviam sido colocados dentro delas, em várias e várias camadas. Eram seus bens mais preciosos, e perdê-los significava perder a si mesma. Livros e palavras que indicavam sua existência ali, sua particularidade e seu íntimo ...

Ela sabia o que viria a acontecer. Já lera antes, sabia que não era normal, e aquela tempestade logo se voltaria em um raivoso ciclone.

A casa estava sendo alagada rapidamente e avó e neta, juntas, também. Não tinham para onde ir, mesmo aquele sendo o lugar em que queriam ficar. As paredes estalavam em rachaduras, e avó e neta sentiam que tudo encaixava para um fim, bruto, cruzado, sem chances.

Seriam levadas pela casa, pela água e por todo o resto. Um fim sem fim. E, então, tudo cedeu e tudo se foi.

Dona Maria de Lourdes

Yasmin Morais

Ela subiu os degraus do ônibus. Seus pés trêmulos se firmavam em uma estrutura física precária e voluptuosa. O corpo encurvado precipitava-se vagarosamente, enquanto sua mão anciã agarrava o topo de uma bengala. Ela adentrou o veículo repleto de passageiros, como sempre haveria de estar, nas efervescentes ruas de Salvador. Trabalhadores e estudantes amontoavam-se nas extremidades de outra estrutura precária; seus rostos inexpressivos ou atulhados de melancolia espelhavam a frustração daquela realidade. Entretanto, ela permanecia ali, incólume, a importunar a mesmice ataviada dos coletivos. Dona Maria de Lourdes se queixava dos jovens que se punham sobre os assentos reservados aos idosos e deficientes. Suas ancas opulentas comprimiam alguns indivíduos contra as cadeiras plastificadas. Uma senhorita magra e de semblante esmorecido lhe ofereceu seu assento. Dona Maria aceitou.

Ela sentou-se ao meu lado, a contemplei apoiar sua

bengala ancestral sobre o chão. Trazia consigo um ar imponente e cauteloso. Coincidentemente, aquela época precedia o período eleitoral. Homens adentravam o veículo e distribuíam folhetos em que constavam os números de votação dos seus candidatos. Dona Maria recusava-se a pegá-los. Afirmava não crer nesses tais políticos que vivem de subtrair as finanças dos pobres sem que nada lhes retribuam. Afirmava não possuir a obrigação de aceitá-los. Afirmava aquilo que nenhum de nós ousaria afirmar. Atraía para si sorrisos cordiais e olhares retorcidos, que provinham de passageiros conservadores.

A ela dirigi olhares dóceis e incontidos. Dona Maria protegia entre as mãos sulcadas um espírito de Nanã imperativa. Ao fitar a senhorita que lhe cedeu o assento a apoiar-se em uma das barras de ferro, percebeu em sua roupa de crochê uma inquietante ruptura. Ela virou-se para uma senhora e comentou acerca da peça, a costura e o frio que importunava a pele. Aquela anciã apalpou a roupa da mulher de forma sutil, tentando unir os pontos das linhas, consertá-la e cobri-la tal como a uma neta. Ela concluía o seu remendo, sob o olhar de Dona Maria, que a aconselhava.

Dona Maria de Lourdes e seus olhos de terra, sua pele acobreada e índole insubmissa atravessaram eras. Suas mãos carregam resquícios de uma África ancestral, lanças e entalhes encontram abrigo em sua carne. Dos acentos plumados, às coroas tecidas de búzios, magia e coragem. Mulheres como ela trazem consigo as pungentes raízes daquelas que labutam por suas famílias, fundam quilombos, benzem seus netos e rogam aos orixás para que do mal os proteja. Aquela figura emblemática me encantou; tímida e relutante, questionei o seu nome.

— Qual é o nome da senhora? — Fitou-me desconfiada, enquanto aprumava o corpo. — Por que você quer saber?

— Eu gostei da senhora. — Ela se desfez em um dos sorrisos mais belos que já contemplei. — É Maria de Lourdes.

Maria narrou a origem do nome "Lourdes", que advinha do termo "Luz". Falou-me de suas netas e da vida. Me senti entrelaçada por uma rede de fêmeas entrelaçada por uma rede de fêmeas. Ancestrais dela, ancestrais minhas, ali anteriores a nós, imponentes em cada subjetividade edificada. A mãe, a avó, a orixá, sob a face talhada de Maria de Lourdes a estender-me seus braços.

Era chegado o momento da partida, a Universidade Federal da Bahia aguardava-me tal como um carrasco prestes a desalojar a carne dos meus ossos. Carecia de força, aquela mesma que emanou de Dona Maria. Seu semblante trançado trazia consigo a memória de muitos sóis, sua voz embalava as serenas canções de minhas antepassadas, seus lábios recordavam as linhas tênues de minha bisavó, seu doce canto dizia-me sobre a resiliência no mundo. Ao perceber que partiria, ela me beijou a face e ofereceu um abraço.

— Espero te ver novamente — disse-me.

Segui revigorada, a deglutir o alimento a mim oferecido

por aquela mulher. O véu que une matriarcas se estendeu sobre nós, interpelando o destino para que chegássemos àquele momento. Desde então, jamais a vi novamente. Embora ainda carregue comigo o seu cauteloso beijo de Nanã. *Ainda a espero.*

Vida prisão

Thayná Alves

Cavava alguma coisa em meio ao mundaréu de lixo. Digo que cavava, mas era um desespero feito com as mãos de quem procura saciar a fome, por isso usei cavar. E mundaréu porque era tudo muito. A fome, o lixo, a dor do menino que se saiu na vida sem muito tempo de senti-la.

Na rua era assim, tudo muito e apressado. Tão depressa que começamos na fome e não pelo nome do menino. Mas saiba: Ele é preto. E isso não diz muito. Diz tudo. Diz inclusive como ele cava a vida que se esvai pelas mãos ainda tão cedo.

Não sabia o que era mãe, pai, família ou afeto. Mas sabia o que era o chão frio de um quarto do Degase. De tão frio o chão, ainda mais frio se tornou o menino. Ali aprendeu que não fazia muito sentido dar nome às coisas. Nem a ele mesmo. Não fazia questão.

Tinha 14 anos e era conhecido como "cicatriz". E era

tudo o que queria que soubessem dele. Há 14 anos, "cicatriz" era Mateus. Mas, como eu disse, não faz muito sentido agora.

— Eu já te disse que não quero esse negrinho aqui! Leva ele de volta pro lixo de onde veio! — gritava o homem com os olhos inundados de raiva.

Nem vivendo na rua o menino havia visto tanto mar de ódio. Ele tinha as bochechas vermelhas quando irritado. Sua voz de trovão fazia o menino agarrar nas pernas da moça que o encontrara. Carolina, seu nome, a ele importa dizer.

Preta como a noite e como ele, ela trabalhava pro moço dos olhos de raiva. Costurava uma coisa qualquer, como quem tenta atar esperança na vida prisão, na vida sem pão e sem descanso. Achou o menino ainda pacotinho embrulhado em uma caçamba.

Nesse dia chovia o mundo, como se o céu desabasse em tristeza pela vida sofrida que estava por vir. Pela vida abandonada que encontrara abrigo e leite para cessar o choro e a fome.

As duas barrigas roncavam no barraco apertado em que mal cabia um, mas, desde aquele dia, couberam dois e uma infinidade de sonhos. Era um quarto de despejo, mas era de sonhar também.

Sonho. Outra palavra que dá nome às coisas sem sentido na cabeça do menino. Nunca mais sonhou. Tudo virou só pesadelo quando numa noite a polícia subiu o morro e atirou — ele era esperto, estava na escola e era bom de número como ninguém — uma, duas, três , quatro , cinco e não parava. Bem na janela, na porta, e um até pegou no caderno. Rasgou tudo. Até o peito da moça.

Nesse dia foi ela quem segurou nas pernas dele, mas não teve costura que segurasse a vida. A vida se foi ali mesmo, no despejo do quarto. Assim, sem nem por quê.

Desde então, o menino cava alguma coisa em algum lugar. É um desespero feito com as mãos como quem busca não só comida, mas respostas. Às vezes ele cava até os dedos sangrarem, na certeza de que uma hora ou menos acabará caindo de volta em outro começo de vida. Às vezes deseja tanto não ter a cor da noite, a cor dos que morrem cedo. A cor dos que sempre tecem a vida por um fio.

Saída quatro

Marilia Pereira

Eu estava deitada no banco traseiro quando senti o carro girar pela primeira vez em uma das vias expressas do Rio de Janeiro. Antes disso, para todos os lados que eu olhei, vi sorrisos. Era o show da Mulher do Fim do Mundo. Nem durante os versos mais difíceis de digerir, cantados por ela, nós imaginaríamos que a noite acabaria daquele jeito.

Eu não tinha com quem ir ao show, mas eu tinha muita vontade e isso já era o suficiente. Poucas horas antes do início, chamei o Davi e o Léo para me acompanharem. Eu não achei que eles fossem e, sem que eu precisasse insistir, estávamos lá. Nós três e uma bolsa térmica cheia de latinhas de cerveja.

Nós estudamos juntos a vida inteira e, mesmo após termos terminado o ensino médio, seguimos adquirindo conhecimento juntos. Naquela noite nós aprendemos como não sermos vistos como uma ameaça por policiais.

A minha afeição pelo Léo se deu porque nossas narrativas de vida se cruzam o tempo todo; afinal, somos dois jovens negros vivendo numa sociedade racista. Diferente do Davi, cuja melanina não habita a pele. O que nos uniu foi o amor pelo samba.

Após o show, seguimos em direção à Presidente Vargas e pedimos um carro por um aplicativo com destino à Zona Norte. Uma moça que vinha de São Gonçalo e iria para Irajá nos pediu orientação de como fazer esse trajeto às onze horas da noite de um sábado. Eu não poderia deixá-la sozinha e ofereci carona até o nosso bairro porque de lá demoraria menos para chegar ao outro bairro da Zona Norte. Ela aceitou.

Entramos todos no carro, inclusive o medo e a insegurança da tal moça que pediu para descer cinco minutos após ter embarcado.

"Me deixa aqui em qualquer lugar", disse ela atordoada quase abrindo a porta. Ela desceu na Central, sem mais explicações.

No carro seguimos eu, Davi, Léo e o meu senso de justiça que me fez discutir com o motorista após um comentário preconceituoso feito por ele.

"Você é cheia de opinião né, garota?", me questionou enquanto cravava seus olhos nos meus pelo retrovisor.

"E você é um preconceituoso de merda!", eu disse enquanto colocava meu medo no bolso.

O Léo começou a cantar a música que estava tocando no rádio, na tentativa de desfazer o clima carregado que ficou dentro daquele carro pequeno que fedia a mofo misturado com perfume de alfazema.

Eu entendi que precisava me acalmar. O volante que aquele homem conduzia representava as nossas vidas e essas estavam em suas mãos.

A viagem seguia em silêncio quando eu resolvi repousar minha cabeça no colo do Léo na tentativa de resgatar a sensação de proteção depois de ter me sentido tão vulnerável. E eu fiquei ali... de olhos fechados, me sentindo numa cama quentinha enquanto os dedos dele demoravam nos meus cabelos crespos. Foi quando o carro girou próximo à saída quatro da Linha Amarela.

Quando o motorista conseguiu controlar o carro, a segunda girada já tinha acontecido e, durante aqueles segundos, a música que tocava não era a do rádio, mas sim a dos pneus que se esforçaram para não bater na gente.

Novamente o silêncio entrou em cena e eu não tive coragem de levantar e olhar pela janela do veículo, que ficou parado na diagonal no meio da pista.

"Sai do carro!" gritou o Davi enquanto abria a porta.

Meu corpo continuou paralisado. Foram as sacudidas que o Léo me deu que me trouxeram de volta à realidade que, afinal, não era a que eu havia imaginado. Nós ainda estávamos vivos.

O Davi se esforçava em desviar o trânsito para que não houvesse outro acidente e estava se distanciando cada vez mais de nós. Os carros voltavam de ré, pois achavam que era um arrastão. O que é comum no Rio de Janeiro.

Enquanto o nosso motorista fugia, a enchente do meu corpo transbordou pelos meus olhos e salgaram a chuva que caía naquela noite. Minha vista ainda estava turva quando eu vi uma pessoa abrindo a porta do carro branco que bateu no nosso, causando o acidente. Ela caiu no chão. Eu me aproximei. Era a moça da Central. Senti o sangue que passava pelas minhas veias, diferente do que saía da cabeça da moça, virar gelo, como se eu estivesse desencarnado.

O Léo se aproximou para conferir os sinais vitais dela. Infelizmente não existiam mais.

Decidiu, então, procurar na bolsa dela um documento ou contato para avisar a alguém.

Quando consegui avistar o Davi, voltando sem camisa e com as mãos levantadas, correndo em nossa direção, vi também duas patrulhas cercando a gente sem saber qual era o enredo daquela cena.

Dois policiais foram em direção ao Davi, com as armas em punho, na intenção de detê-lo, mas, não precisou. Davi, desnudo e com as mãos levantadas, disse apenas uma frase para que os policiais recuassem: "Eu sou vítima".

O silêncio do Léo, que estava com as mãos sujas de sangue segurando a bolsa da moça da Central em busca de ajuda, foi interpretado da forma que os PMs quiseram.

Naquele momento o Léo não disse nada, mas na delegacia prestou depoimento durante cinco horas e ainda não conseguimos tirá-lo de lá. Com isso aprendemos juntos sobre como não ser visto como uma ameaça para a polícia.

A bolsa, o sangue, o silêncio e as mãos para o céu não têm nada a ver com isso.

Cartão de Visita

Domingos Alves de Almeida

A comunidade de Timbira do Bogéa, na periferia da cidade de Jurubeba, de maioria negra, sempre aparece no noticiário local por contas das operações policiais, mortes e tragédias naturais. A última foi a enchente do Riacho Timbirão, que invadiu casas e desabrigou dezenas de famílias. Esses fatos fazem com que pessoas de outras regiões da cidade tenham uma visão preconceituosa dos moradores da comunidade. No entanto, as mudanças políticas e sociais ocorridas no país nos últimos anos estão se encarregando de transformar esse olhar deturpado. Com a chegada de políticas públicas em Timbira do Bogéa, alguns jovens estão superando barreiras históricas, para ocupar espaços antes inimagináveis. É o caso de Akylloan, um jovem negro, décimo terceiro de 16 filhos de Seu José e Dona Sirene, que acaba de ingressar no curso de Teatro da universidade pública local, pelo sistema de cotas. Desde que começaram as aulas, o rapaz repete a mesma rotina todos os dias: acorda às 7 horas da manhã, arruma a cama, toma banho, escova os dentes, veste a roupa, organiza a mochila e segue a pé para a universidade, no centro, que fica a 10 quilômetros da quitinete onde mora sozinho. As aulas são no turno vespertino, mas ele vai pela manhã para estudar na biblioteca e almoçar no Restaurante Universitário. Hoje é sexta-feira, não tem aula, mas ele precisava resolver algumas coisas no centro, por sorte, pegou carona com sua ex-professora do Ensino Médio que ia fazer uma série de exames. Desceu em uma Clínica Odontológica para fazer orçamento e continuar o tratamento ortodôntico que interrompera no ano passado por falta de dinheiro. Seguiu para o banco, onde mantém uma conta universitária, para resolver problemas no cartão de crédito que teima em não funcionar e já o fez passar por alguns constrangimentos. Esperou na fila por 30 minutos, até o banco abrir, às 10 horas. Antes de passar pela porta giratória abriu a mochila para a agente de segurança. Esperou por mais 40 minutos até a senha ser anunciada no monitor: A039. Explicou o problema ao atendente, que o resolveu. Dali seguiu para o supermercado, que fica em um *shopping* da cidade para fazer as compras da semana, no cartão. O termômetro marcava 30 graus. Não tinha carona, nem dinheiro para pagar condução. Caminhou por 40 minutos até o supermercado. O suor escorria pelo rosto e a camisa estava completamente ensopada. Ele aproveitou o frescor do ar-condicionado por um bom tempo. Passou as compras e rumou para casa por uma rua pouco movimentada, que passa atrás do *shopping*, onde sempre ficam alguns flanelinhas cuidando dos transportes estacionados. Caminhava pela calçada pensando na distância que ainda tinha que percorrer, o sol que enfrentaria e o peso da mochila com as compras. De repente, uma imagem quebra seu pensamento e ataca seu sossego. Sobre os papelões, outrora usados pelos flanelinhas, nos fundos do *shopping*, estava sentada uma mulher. Não fixou o olhar nela, mas o relance que deu fez com que ele sentisse uma angústia no peito. Não pelo fato de ela ser mulher mas por notar que, no seu pé direito, havia uma ferida que tomava conta de toda a região do calcanhar e estava sem qualquer tipo de proteção. Pensou em continuar caminhando, mas, cinco passos depois, deu meia-volta, retornou e parou diante dela. Vestida com uma blusa amarela de mangas que iam até o meio dos antebraços e uma calça jeans esbranquiçada, ela deu uma respirada profunda e dirigiu-lhe um olhar esperançoso. Ao seu lado havia três bananas-maçã e um restinho de farinha de mandioca em uma sacola branca de plástico. Ele pensou no mesmo instante, que aquela era toda a comida que ela tinha para o resto do dia.

— De onde você é, moça? — pergunta Akylloan com a voz embargada.

— De Uraçuna do Caboco, Tabocal — responde ela.

— Longe de casa, hein? — retruca o rapaz.

— É! Eu vim para fazer uma cirurgia pelo SUS, porque estou perdendo meu calcanhar. Todo mundo dizia que eu ia conseguir. Mas não consegui. Disseram que é com o ortopedista para fazer amputação, mas também não consegui. Explica ela, frustrada.

Enquanto ela se explicava, ele procurava algum dinheiro para lhe dar. Depositou em sua mão as poucas moedas que conseguiu tirar da carteira. Ele estava trêmulo. Em retribuição recebeu um, "Deus te abençõe" e um lindo sorriso de gratidão. Um sorriso que revelou os dentes inferiores levemente estragados e algumas rugas marcantes no rosto de uma mulher de pouco mais de 30 anos, cuja juventude as circunstâncias da vida trataram de cobrar. Um nó indegustável foi crescendo na garganta de Akylloan e a angústia crescia ainda mais no peito. Não conseguiu fazer mais nenhuma pergunta.

— A senhora também. Espero que consiga. — responde ele.

— Obrigada! — agradece ela.

Ele lhe deu as costas e seguiu caminho sem olhar para trás. Dobrou à esquerda na rua seguinte com a imagem sofrida daquela moça na cabeça, contrastando com aquele sorriso largo e verdadeiro de gratidão. Aquele pensamento não saía dele e provocava uma distração perturbadora. Quando saiu na próxima rua, já dobrando a esquina, o sino da Igreja de Nossa Senhora de Fátima começou a badalar, marcando meio-dia. Iniciaram as orações nos alto-falantes da catedral, que ele já ouvira várias outras vezes, indo para a universidade ou voltando para casa. Mas, hoje, teve um significado diferente. Akylloan é de Candomblé, mas buscou atribuir significados de fé a cada uma daquelas palavras que ecoavam pela cidade, e pediu, no mais profundo que pode ir espiritualmente, que o Deus professado naquelas orações pudesse direcionar a energia de cada uma delas para interceder pelo bem-estar daquela mulher. Não saiu uma única lágrima de seus olhos, mas seu corpo chorava, e sua alma também. O nó na garganta não diminuía, e a aflição do peito não cessava. Recentemente, a mãe dele fez uma cirurgia de amputação de parte da perna direita, na altura da panturrilha. Quando isso aconteceu, ele caiu doente. Apresentou um quadro leve de depressão, que teve de superar para poder ajudá-la a não esmorecer. Ver aquela moça naquele estado, naquelas condições desumanas, o fez pensar se ela tem filhos. Se tem, por onde estão? Que idade têm? O que sentem ao saber que sua mãe está passando por essa situação? Como reagem ao vê-la sendo consumida aos poucos por aquela ferida que já toma conta de parte de seu pé? Será que, assim como ele, seus filhos se escondem no banheiro para chorar escondido, para que ela não veja que estão sofrendo também? Akylloan estava perturbado por não saber onde ela dormiria naquela noite, ou o que faria de agora em diante. Se voltaria para casa, ou se continuaria tentando atendimento com o ortopedista. Aquela cena o afetou profundamente. As lágrimas que não surgiram no caminho até a casa, pareciam descontroladas enquanto ele tomava banho. Com olhos avermelhados, enquanto guardava as compras, pensava que talvez pudesse ter feito mais. Na mochila havia dois quilos de arroz, um pão de forma, meio litro de iogurte de morango, uma cartela com doze ovos e algumas bananas. Olhando sua carteira, percebeu que ainda tinha R$ 0,25 centavos.

Trimmm! Trimmm! Trimmm! Toca o celular.

— Alô!

Era sua mãe.

Cognitivo comportamental

Zainne Lima da Silva

Primeiramente, há de se lembrar que literatura nada tem a ver com a verdade. Vou lançar um livro meu, escrito a próprio punho. Duas editoras me quiseram e a que recusei provavelmente é a que me traria mais sucesso no mercado. Tento ser sincera com o que escrevo. Conto a vida a partir de meus próprios olhos. Hoje, para ir ao encontro de nossa consulta, sem me dar conta, vesti branco. Não sou de vestir branco, a não ser em Oxalá. Branco é uma das poucas cores de que não gosto. Quintas-feiras foram os dias em que, quando adolescente, fiquei para fora da sala à espera da bronca da diretora da escola, por ter chegado atrasada à aula de matemática. A professora me odiava e fazia questão de demonstrar. Cheguei a atingir 49 faltas na oitava série. Até hoje, é às quintas que meu corpo tenta me convencer a não exercer movimento. E é nestes dias, os impossíveis, que te vejo a ti.

Durante o caminho, senti os olhares em cima de meu corpo. Na camiseta branca de malha agarrada nos meus seios pequenos, dentro do metrô. Me olham homens e mulheres. As mulheres escuras sentem inveja da aceitação de minha pele clara; as mulheres como eu nem me chegam a enxergar; as mulheres brancas me medem de cima a baixo — para elas, ergo o nariz. Os homens me olham, independentemente de suas cores. Me olham e às vezes tiram mentalmente minha roupa, me imaginando de fio dental, de quatro. Minha bunda tem seus valores. Ando de cabeça erguida, peito aberto e empinada, por isso mesmo. O medo não me diminui.

Não respeito nenhum padrão de feminilidade. Apesar de bonita, sou pálida. Roo as unhas das mãos, dificilmente penteio os cabelos, deixo crescerem os pelos das pernas e dos sovacos. Estes, quando grandes o suficiente, os pinto de loiro, por diversão. Os pelos, o cabelo, a bunda e a pele são o conjunto que reafirma meu lugar de mulata. De animal, de descivilizada. Todos têm a ânsia de me dominar. Mas homem safado não tem coragem de sustentar olhares que o desafiem. Sou desejada, sei disso; sinto nojo ideológico e prazer corporal. Reajo profundamente ao assédio sexual, encaro nos olhos. Eles se doem, e dói também minha alma.

Vou e volto com o clitóris fazendo cócegas como se fosse uma vontade de urinar. Não há urina. Meu corpo não se sustenta sobre meus pés: o clitóris tudo faz viver. Vez ou outra entra na onda também minha vagina, que pulsa com movimentos de sucção a corpos que não estão entre minhas pernas. Ando pelas ruas como se nada estivesse acontecendo, esperando ansiosa pelo momento em que estarei só, para tocar- me e fazer a vontade irrefreável dormir por um par de horas. Mas este par de horas nunca vem. Nem a privacidade. Sou empregada doméstica em minha própria casa; em breve, serei babá, acrescidamente; durmo em quarto compartilhado, sem tranca; o apartamento dá vista para a rua e para os vizinhos, sem cortinas; o banheiro é coletivo, porta sempre aberta. Difícil não adoecer a cabeça.

*

— cê chegou faz muito tempo?

— sim, vai fazer quase uma hora.

— você me desculpe, viu... é que eu fiz uma cirurgia e tá difícil andar...

— o senhor tá bem?

— tô, eu tô... é... fica difícil... tô bem. e você, como vai?

Excitada, penso. Olho debaixo do meu cabelo condicionado com aloe vera para seu rosto ininteligível. "Psiquiatra também é gente", recordo te ouvir dizer. Olho rapidamente suas unhas, sempre tão quadradinhas, umas mãos tão bem cuidadas. Olho para a sua aliança. Pulso. É casado de corpo e alma, assinalo mentalmente.

— vou... bem. só minha libido que tá descontrolada.

Me olha.

— descontrolada como? pra mais?...

— é. eu tô excitada o tempo todo. desde o início de dezembro.

— mas... é... pra... pra masturbação ou por... procura de parceiro?

Rio sem querer. Se psiquiatras lessem mentes em vez de percepções e sintomas...

— pros dois.

— e tá... te atrapalhando, isso... te impede dos... afazeres...?

— sim. tem dia que eu não consigo fazer nada...

Me olha.

— é difícil me concentrar. não é to-do dia assim... acontece vez em quando...

— vamo ten... quer tentar tomar remédio pra reduzir a libido?...

— po... de ser.

Pedi a Deus socorro. Melhor sentir tudo ou não sentir nada? Lembro da vez em que eu quase enlouqueci porque não sentia desejo sexual para mais de um orgasmo. Meu tesão é um precipício que precisa estar intacto em suas dimensões. Letal, tal qual se concebe um precipício.

— va... vamos fazer o seguinte... diminui a dose do venlafaxina e a gente vê se... se melhora. pode ser?

— tá bom.

— o que você tá lendo de interessante?

— ondjaki.

— noss... (gargalha) é uma ma-ra-vi (gargalha)... é uma maravilha esse escritor... (gargalha)

É uma maravilha mesmo. Imagina ele nu, professor.

— qual você tá lendo?

— O Céu... Não Sabe Dançar Sozinho.

Me olha.

— é um livro de crônicas...

— ahn... sei, sei... eu acho muito parecido com o Brasil... noss... sabe que... sabe que eu tenho um... sobrinho... ele estudou literatura... na unicamp... ele conhece o... o *ondejáqui*...

— eu também conheço. assim, pessoalmente.

Me olha.

— ah é?...

— é, tenho livro autografado e tudo.

— puxa, eu queria cantar vantagem... fui certeiro achando que... e você também conhece o... não consegui tirar vantagem, é... eu não consegui... é.

*

Perdi a moral cristã e os bons costumes dos homens. Tenho vontade de tirar a roupa em público. Segunda-feira eu não me contive. Há esse homem negro cuja risada tilinta em minhas orelhas mesmo quando ele está ausente. Fui impulsiva e fisguei-o pelas pernas. Pela curvatura da coluna lombar. Não sai de minha cabeça o modo como passou a língua em meus mamilos, como abriu a boca e chupou a segunda pontinha mais sensível de meu corpo. Beijo seu sexo novamente, em memória. Quero ele inteiramente meu, corpo e alma, como um palco, para subir e fazer arte.

Sou escritora e faço arte. É o que me dizem desde que

tenho quatorze anos. Odeio acordar todos os dias sendo essa versão de mim. Ao mesmo tempo, não sei ser outra. Caminho pelas ruas e, além de sentir o desejo sexual, sinto a ânsia literária. Duas vias de um mesmo processo de enlouquecimento. Sei que não há papel nem caneta na bolsa. Vou decorando as palavras que irei parir quando chegar em casa. Rezo pedindo a alguém que não me deixe esquecê-las. Repito uma, duas, três vezes as frases que creio imprescindíveis. Vejo a exposição do metrô, lendo os nomes das peças. Passo a catraca. Sento no preferencial, vagão vazio. O frio causa ereção nos meus seios. Um senhor me encara de longe, pelo reflexo.

Eu sou uma cartomante, vou elaborando, porque escrevo cartas a respeito de paixões. Carta-amante, cigana demais... Cigana, sim. Leio sentimentos. Toco ligeiramente os mamilos. Encaro eles eu também. Me desejo. Sou primeiramente a pessoa que me deseja sem violentar. Sou a única que pode me satisfazer respeitando meus limites. Quero ficar nua comigo mesma. Mas quando chegar em casa vou escrever para ele, vou... Mas para a esposa também. Não, não vou escrever, isso seria errado... Ah, ele é médico, tem obrigação de entender. Abro Ondjaki, leio três páginas.

Preciso escrever, por que caralhos eu não ando com papel e caneta? Toda vez é a mesma coisa. Escrevo no celular. Por que é o terceiro ano seguido que em dezembro e janeiro fico querendo dar para meio mundo? Por que sempre nas mesmas datas? O que foi que me aconteceu para enlouquecer de vontade no verão? Me pergunto e imediatamente recordo. Não quero visitar essa infância.

Chove. A falsa vontade de urinar. Sou caçadora. Quero matar homens. De prazer. Fazer com que padeçam debaixo de mim, gritem desespero durante o gozo. É que sexo é o mais próximo da morte e eu realmente quero matar. Morrer – vou justificando, repetidamente, desejosa pelo suicídio. Obsessão pela ideia. Mas não queira saber o que é verdade e o que é invenção, vou digitando. O senhor não se deixe olvidar que literatura não tem obrigação com a verdade, escrevo.

*

Eu escrevo. E sou esta versão de mim. A versão legítima nunca existiu.

Biografias:

Bell Puã é poeta, cantora, compositora e atriz pernambucana, além de mestre em História pela UFPE. Foi vencedora do Campeonato Nacional de Poesia Falada - SLAM BR 2017, representante do Brasil na Poetry Slam World Cup 2018, em Paris, e convidada da FLIP 2018. Vencedora do Prêmio Malê de Literatura (2019), é autora dos livros "É que dei o perdido na razão" (Castanha Mecânica, 2018) e "Lutar é crime" (Letramento, 2019), sendo esse último finalista do Prêmio Jabuti 2020. Em 2021, está iniciando seus caminhos na música cantando rap.

Antonio Jeovane da Silva Ferreira nasceu no Ceará, em 1995. É bacharel em Humanidades e Antropologia (UNILAB) e mestrando em Antropologia (PPGA-UFC/UNILAB). Além disso, é pesquisador-militante junto ao movimento quilombola no Ceará.

Bioncinha é escritora, artista têxtil e teatral. Nascida e criada nas quebradas de São Paulo.

Caliel Alves nasceu em Araçás, interior da Bahia. Fã de literatura e cultura pop em geral. Atual graduando em História pela UNEB. Publica uma web novel na internet chamada Um reino de monstros, e publicou recentemente a coletânea Deus Ex Cyber na Amazon.

Dêner B. Lopes nasceu em Minas Gerais, mas foi criado no interior paulista. Escreve desde os 15 anos e tem mais de uma dezena de publicações, desde livros solo até organização e participação em antologias.

Diego Soares, nascido e criado em Bangu, zona oeste do Rio de Janeiro, onde pôde estar muito próximo dos avós, ouvindo suas histórias, que hoje enxerga como preciosas fontes de inspiração para seus exercícios criativos. Escreve e desenha sobre esses espaços memorialísticos carregados de afeto. É formado em Psicologia e mestrando em Psicologia Social pela UERJ.

Domingos de Almeida - Negro, Nordestino, Ator e Diretor de Teatro, Jornalista (UFMA), Mestre em Integração Contemporânea da América Latina (ICAL-UNILA), Doutorando em Mídia e Cotidiano e pesquisador das Culturas latino-americanas.

Marilia Pereira de Jesus, mulher preta, nordestina, filha de Nega Santana e graduada em Letras – Português/Literaturas pela Universidade Federal do Rio de Janeiro. Olhando para trás para escrever o futuro.

Thayná Alves, filha da Beth e do Ronaldo, e irmã da Thayane. Jornalista, coordenadora do África em Nós e criadora de escrevivências.

Yasmin Morais é escritora, atriz, ativista social, estudante de Jornalismo na UFBA e fundadora do projeto Vulva Negra. Já foi publicada em antologias, como: "Tributo aos Orixás", "Profundanças

03" e "Narrativas Negras e Insubmissas". Em 2020, foi uma das vencedoras do Primeiro Prêmio Neusa Maria de Jornalismo e a primeira finalista do Prêmio Malê de Literatura em 2019. Publicará o seu livro de estreia, "Romãs Incandescentes no Inverno", em 2021.

Zainne Lima da Silva é bacharela e licencianda em Letras pela FFLCH-USP, poeta, prosadora e professora. Autora de Pequenas ficções de memória (Ed. Patuá, 2018), de Canções para desacordar os homens (e-book independente, 2020) e de Pedra sobre pedra (Ed. Popular Venas Abiertas, 2020). Publicou em diversas antologias, como Cadernos Negros (vols. 41 e 42), em portais e revistas de literatura.

Esta obra foi composta e Arno Pro Light 13 e
impressa na Gráfica JMV em papel pólen bold 90,
para a Editora Malê em maio de 2025.